JUNTOS NO PARAÍSO

Victor Almeida

Juntos No Paraíso

1ª Edição
POD

Petrópolis
KBR
2011

Edição e revisão **KBR**
Editoração **APED**
Ilustração da Capa **Edvard Munch: "Woman in Three Stages", 1899 - Lithograph**

ISBN: 978-85-8180-158-2

KBR Editora Digital Ltda.
www.kbrdigital.com.br
atendimento@kbrdigital.com.br
24 2222.3491

B869 – Literatura Brasileira

 **Victor Almeida** nasceu em 3 de maio de 1989. Seu primeiro livro, *Todos os amores são impossíveis*, foi bastante elogiado pela crítica. O autor tem dedicado os últimos anos a aprimorar seu estilo de ficção e a estudos literários. Juntos no Paraíso é seu primeiro romance.

Site do autor: www.victoralmeida.org
Email: victor.deltasantos@hotmail.com

"Sabe por que o mundo anda fora de controle?, eu digo pra ele. Porque Deus se distrai olhando os gatos. Os cachorros sabem se virar; abanam o rabo, até riem. E muita gente gosta, os cachorros quase não precisam de Deus. Mas o gato só sabe ser gato, não ri nem cede. Coitado do gato."

Cecília Giannetti

1

Com o que sonham os gatos? Deitado sobre uma pilha de roupas, em um canto do banheiro, Viktor ronronava enquanto dormia. Fosse com um mundo repleto de suculentos canários, ou com um imenso novelo de lã, sua reação não foi nada amigável ao acordar assustado pelo barulho de móveis sendo arrastados.

Foi até a sala e encontrou uma bagunça; tudo estava fora do seu lugar usual: sua dona, Lídia, empilhava tijolos contra a parede da sala, e o namorado dela, carregando um balde com cimento fresco, erguia gradativamente uma parede na frente da porta de entrada da casa. O gato se aproximou, mas foi impedido pela mão de Lídia, que, erguendo-o, disse que se ficasse muito próximo poderia se machucar. Ficou no colo dela por algum tempo; impaciente, foi posto no chão e se escondeu.

Por toda a manhã e metade da tarde a parede foi erguida, selando a única porta de saída da casa. Restava a janela, um pouco mais à direita; tinha quase que o mesmo tamanho, mas na horizontal. Não seria possível terminar até o anoitecer, uma parte ficaria para o dia seguinte, o que não era problema. Agora, qualquer coisa poderia levar de uma hora a um mês: a pressa não tinha mais porta para adentrar a casa.

No dia seguinte, após uma manhã de trabalho, o serviço terminou. A parede não estava perfeitamente reta e em alguns lugares a massa, ainda mole, escorria pingando sobre o piso.

— É uma bela parede — ela disse. — Você não tem medo do que estamos fazendo?

— Por que teria?

— Pode parecer um desafio.

A barreira contra o mundo estava erguida, o que não os libertava completamente: naquele novo mundo que se criava não podia haver resquícios do antigo. Nos fundos da casa, havia um jardim relativamente grande; a grama atapetava todo o chão, exceto em um local em forma de círculo onde a terra predominava, e que era usado há muito tempo para acender fogueiras nas noites frias. Foram até ali, retiraram todas as peças de roupa que vestiam e jogaram dentro do círculo. Entraram na casa e, a seguir, cada um saiu com uma pilha de roupa nos braços, que foram jogadas no mesmo lugar. Fizeram isso várias vezes até que na última vez entraram e saíram com os braços livres; ele trazia apenas uma caixinha na mão. De frente para o amontoado de roupas, retirou um palito de fósforo de dentro dela, acendeu e o lançou sobre a pilha, formando uma labareda que em menos de cinco minutos se transformou em uma imensa fogueira. Contemplando, o gato nada entendia. O homem e a mulher se beijaram. Aos poucos, os vestígios do velho mundo iam sendo exauridos pelas chamas e um novo mundo nascia. Desta vez, de um beijo.

2

Respirar. Era a primeira coisa em que pensava ao acordar pela manhã, então respirava e abria os olhos. A primeira coisa que via era o teto borrado pela hipermetropia.

Respirou. Retirou o lençol no qual estava enrolada, descobrindo sua nudez, e sentou-se na beirada da cama. Passou a mão pelos cabelos suados na esperança de penteá-los. Olhou para trás e viu Ricardo, que continuava dormindo. Silenciosamente, ficou aguardando algum movimento, se observando no espelho retangular preso na parede, de frente para o seu lado da cama. Esperou por algum tempo até que ele se espreguiçou.

— Já está acordada? — perguntou ele.

Não houve resposta.

— Os pesadelos continuam? — tornou a perguntar.

— Sim, hoje você estava nele.

Ele permaneceu deitado, encarando o teto.

— Conta como foi — ele diz.

— Estávamos em uma praia infinita e as ondas se quebravam sem fazer barulho, a gente corria, a areia era fofa, corria sem descanso em direção ao seu fim improvável. Você tropeçava e ficava caído, eu tentava parar e voltar para te ajudar, mas não podia parar de correr, não podia voltar, tinha que continuar em frente, então comecei a correr mais rápido na esperança de que, se avançasse muito, um dia daria a volta completa e retornaria ao início, voltando a te encontrar.

Ele se levantou, caminhou até o outro lado da cama e se sentou perto de Lídia. Recostou sua cabeça no colo branco da moça. Ficaram ali, parados, observando sem se importar suas imagens nuas refletidas no espelho, nus viveriam o resto de seus dias, nus como se tivessem acabado de ser criados: em um segundo Éden, sem os defeitos e armadilhas do primeiro e onde a vergonha fosse, novamente, um sentimento incubado e desconhecido.

3

Devido à construção desordenada das casas e cidades, o novo Éden não tinha as proporções monumentais de seu antecessor; suas fronteiras eram limitadas pela casa e pelos três muros altos que cercavam o jardim nos fundos; neste, não nascia o rio que a certa distância se dividia em quatro outros, originando o Fison, o Geon, o Tigre e o Eufrates, não, seus domínios hídricos abarcavam apenas um poço humilde e antigo, com uma roldana de madeira consumida por gerações de cupins. Os vastos campos e veredas que, antes, esbanjavam incontáveis tipos de vegetais, deram lugar a uma horta, não muito grande, mas capaz de suprir as necessidades alimentícias do casal por um longo tempo, além do viveiro, onde eram criadas algumas galinhas que produziriam ovos com os quais se alimentariam. Também dentro do perímetro havia árvores altas, que já estavam no terreno antes da existência da casa, e uma macieira. No centro da propriedade estava o que sobrara do grande carvalho: um tronco pouco menor que a estatura de uma pessoa, carbonizado, era tudo o que havia restado de sua imponência.

Era oco. Uma antiga toca escavada por algum animal e os buracos abertos pelos cupins permitiam que o gato escalasse o interior e se posicionasse no topo. De lá, podia observar tudo; sentia-se no alto de um monte antigo, do tempo em que os raios escreviam nas pedras, com a diferença de que seu orgulho não lhe permitia que carregasse as ordens de outro: ele mesmo escreveria as suas.

4

Nos dias frios, costumavam ficar sentados em um banco no meio do jardim. Como todas as roupas haviam sido queimadas, ficavam abraçados, um tentando proteger o outro. Observavam o céu e sua brancura, que não permitia que o encarassem por muito tempo.

— As pessoas não observam mais o céu — ela disse.

— As pessoas não observam mais nada, nem ninguém.

Naquela imagem não havia dominador ou dominado, autoridade ou submisso. Eram apenas duas pessoas, dois seres tentando sobreviver. Um não se importava em sentir frio desde que o outro não sentisse; desta forma, os dois permaneciam aquecidos, às vezes a tarde inteira, pois estavam unidos em um único ser. Ficavam ali conversando, se sentindo; não havia tédio, eram livres para entrar na casa quando desejassem. Entretanto, não o faziam: não havia nenhum outro lugar no mundo fora daquele jardim, além daquele banco frio e desconfortável, onde quisessem estar naquele momento, ou naqueles momentos.

Ela passa a mão pelos cabelos dele e o beija no pescoço, depois volta a abraçá-lo; com o pulso sobre o seu coração, sentia os batimentos dele, questionava se o seu próprio coração batia no mesmo ritmo, em sincronia perfeita.

— Você não precisa dos outros, estarei sempre aqui para te observar — ela diz, sorrindo inocentemente. — Você é meu céu.

Sente que ele a abraça mais forte, como se temesse que um vento a levasse para longe. *Você é meu céu* — repetia em pensamento. Não sabia de onde tirara a frase, foi tão natural, como se as palavras tivessem se dito por conta própria. Ficara maravilhada com a beleza delas; continuou repetindo e a cada vez se espantava que uma frase tão simples pudesse expressar tão bem o que sentia, o que pensava. Acabou adormecendo.

E em um ato sonâmbulo voltou a pronunciar a frase, bem baixo, como em um sussurro.

— E você é o meu — ele respondeu.

Do mundo dos sonhos, porém, ela não podia escutá-lo. Felizmente, naquele jardim, nem tudo precisava ser dito.

5

Feia, Lídia não era. Seus cabelos eram lindos, lisos, compridos até a cintura. Tinha a tez branca e aveludada, como a de uma virgem renascentista, e o gato achava que sua cintura era a mais perfeita que já tinha visto. Mas mesmo com tantas qualidades, tinha uma cicatriz que cruzava seu rosto, do topo da sobrancelha direita até o início do pescoço: um traço perfeitamente reto, único responsável por sua exclusão da lista das mulheres que o mundo julga belas.

Tentava com o auxílio da franja, muitas vezes sem muito sucesso, esconder seu eterno defeito. Não causava repulsa no homem, que a achava bonita da maneira que era, que havia algo de felino em sua maneira de ser, alma de gata, parecia se movimentar como uma gata, avançando um passo por vez, olhando fixamente para seu destino e, ao mesmo tempo, prestando atenção ao que estava atrás. Qualquer movimentação ou barulho estranho a fazia parar e mudar de trajeto, caminhando e se escondendo, sempre se defendendo, do que os gatos têm medo? Do que ela tinha medo?

Medo, talvez, de esbarrar com alguém e este se assustar ao se deparar com sua cicatriz. Medo de ser vista, causado por anos sendo motivo de riso na escola, medo de nunca conseguir um namorado por sua deformação, medo de viver.

6

Quase pisoteado, o gato correu para dentro da casa e ficou observando os dois, protegido, através da porta de vidro. O quase acidente ocorreu quando a mulher corria, sorridente, sem olhar seu caminho; o gato, de patas para o ar, brincava de tentar tocar as nuvens.

Ela corria para fugir, evitar que fosse pega. Ele corria também, a perseguindo, depois de ela ter roubado de sua mão a maçã que comia. Da porta, Viktor via duas crianças correndo, gastando energia sem motivo aparente: se, para os gatos, um ano equivalia a sete, já era um senhor e achava a cena patética, adultos se comportando como crianças; mal sabia ele que as fases da vida que conhecemos se medem em função do tempo, medida que ali não existia, por falta de vontade ou por não ter sido criado.

Deixemos o gato com seus pensamentos e voltemos para a bela cena que se desenvolvia no jardim: ele havia conseguido segurá-la, derrubou-a no chão e com uma das mãos segurou as dela enquanto com a outra pegava a maçã. Ela se debatia, triste por perder a maçã e por vê-lo comer o que havia sobrado na frente dela, se deliciando, ela invejando o prêmio. Ao terminar, jogou os restos longe; com a mão livre passou a fazer cócegas na cintura dela, que passou a se debater mais ainda e a gargalhar, conseguindo se soltar e passando a retribuir as cócegas.

Se divertiam. E o gato se entediava, virou-se e foi procurar um lugar para dormir: não conseguiu, pois a felicidade de ambos, expressa pelas risadas, podia ser ouvida em todos os cômodos da casa.

7

Sentado na grama, Viktor observava o movimento desgovernado das galinhas. Lídia se agachou na frente dele e encostou seu nariz quente no gelado do felino.

— Você acha que ele me ama? — ela perguntou, com o dedo acariciando o queixo do animal.

A resposta limitou-se a um piscar de olhos e a uma inspiração profunda.

— Eu acho que o amo, caso você queira saber. Há quantos anos você não me vê apaixonada? Os pesadelos estão diminuindo, com ele me sinto segura.

Com a língua, o gato percorreu a cicatriz sob a franja.

— Obrigada por se preocupar comigo, mas você tem que me deixar viver — disse. Acariciou a nuca do animal uma última vez, levantou-se e saiu. O animal não se mexeu, e não se mexeria.

8

Com a chegada da primavera, o jardim se tornou muito colorido. As flores, antes acanhadas pelo frio, desabrocharam, deixando o lugar com um odor refrescante e agradável. A oliveira que o homem havia plantado, finalmente, tinha seus frutos prontos para serem colhidos. Ao deparar-se com uma azeitona madura, Lídia correu para dentro de casa procurando pelo homem, que lia um livro de um escritor russo deitado no sofá da sala.

— Venha ver uma coisa — ela disse.

— O quê? — ele perguntou deixando o livro suspenso sobre seu peito.

— Venha — ela o puxou pelo braço.

Ele a seguiu, deixando o livro cair no chão. Pisavam na terra e na grama com os pés descalços, sentindo-se parte integrante da natureza como o coração do corpo humano. Pararam em frente à oliveira.

— Veja — ela apontou para uma azeitona.

Não houve reação por parte dele por algum tempo, até que estendeu a mão e retirou a azeitona, colocou-a na boca e sorriu. O sorriso logo se transformou em risada, a risada em gargalhada. Olhou para a mulher que também sorria. Abraçando-a, suspendeu-a e passou a girá-la no ar, ela abriu os braços, firmemente presa pela cintura. Sentia-se voar, sentiam-se em paz e estavam felizes por isso, coisa que a alguns poderia causar estranheza, afinal, ficar feliz por uma simples azeitona não era um acontecimento corriqueiro. Quem, no entanto, poderia ser mais feliz do que aquele para quem uma simples azeitona é motivo de tamanho encantamento?

9

— Você sempre morou aqui? — ele perguntou.

— Sim, a casa era dos meus avós, meu pai cresceu nela; quando conheceu minha mãe e eles se casaram, como a casa era muito grande e meus avós tinham medo disso, pediram que eles viessem morar aqui.

— Como era esse lugar antigamente?

— Majestoso, sempre tinha festas e música e crianças, mas com o tempo isso acabou e a casa foi se calando, meus avós morreram, depois minha mãe, meu pai, restei só eu.

— E o gato.

— Sim, eu e o gato.

— Você o comprou?

— Se o comprei? — ela perguntou sorrindo.

— Ele nunca se deixaria comprar, não, acho que ele veio de muito longe, sempre viajando e um dia, passando pela frente da casa, me viu, sentiu pena da minha solidão e resolveu ficar, ou melhor, aparecer às vezes para me visitar, sem nunca ficar muito tempo e sem nunca desaparecer por muito tempo. Ele é livre, mas se importa comigo.

— Algum dia você foi feliz nessa casa? — ele perguntou.

— Se fui feliz? Sempre a achei grande demais, com gente demais, num lugar assim é fácil para a felicidade se esconder atrás da cortina, debaixo do sofá, escapar pela janela. Não vou negar, fui, quando era pequena e corria por esse jardim, entre as árvores, acreditando que podia voar.

— Então sua resposta é sim?

— Não sei a resposta. Entretanto, apesar de não ter certeza se fui, tenho certeza de que sou.

10

Quem olhasse do alto, através da janela de um avião ou helicóptero ou espiando da cesta de um balão, acharia o que se passava no jardim no mínimo esquisito, no máximo obsceno. Procuraria se lembrar de ter visto algo parecido em sua vida e as únicas imagens que viriam à sua mente seriam as cenas de algum documentário ou reportagem sobre Woodstock.

Ao chegar a seu destino, o tal observador comentaria com um amigo que sobrevoara uma comunidade hippie, e que as pessoas que viviam nela se comportavam como animais, comendo a mesma comida que o gato, não vestindo roupas e sorrindo, sempre sorrindo. Então o amigo soltaria uma exclamação de surpresa e incredulidade. Antes que pronunciasse uma palavra, porém, o observador seria tomado por uma questão, vinda de uma sabedoria ancestral que ele mesmo desconhecia, mas que estava incorporada ao seu código genético, incubada pelos séculos, transmitida pelas gerações: *Não seria o ser humano, também, um tipo de animal?* — ele se perguntaria. Infelizmente, não teria coragem de fazer a pergunta ao amigo; este perceberia que o outro ficara repentinamente pensativo e se limitaria a dizer, "que mundo estranho, vamos beber alguma coisa", e logo o observador se esqueceria e a pergunta voltaria ao seu casulo eterno até o tempo em que alguém, no meio de semelhante epifania, sentisse novamente a necessidade daquela profundidade, contida nas palavras que compunham a célebre pergunta.

11

Quando retirava água do poço tentava imaginar o que aconteceria se um dia, ao invés de no interior do balde estar retido um líquido transparente, estivesse um outro, negro e viscoso.

Um poço de petróleo encontrado ao acaso os deixaria milionários, e a questão seria, deixariam os dois a vida que levavam em troca de outra, de luxo e riqueza, ou teriam coragem de aterrar o futuro tentador, cavando um novo poço em outro local, como se a descoberta nunca tivesse acontecido?

12

Nos seus dias de mulher, Lídia não procurava estancar o sangramento com o auxílio de folhas, ou de algum algodão ou pano que sobrara na casa, pelo contrário: não sentia vergonha de seu sangue, escondê-lo seria como negar sua natureza, negar a natureza à qual, através do filete rubro escorrendo de seu interior para o interior da terra, sentia-se cada vez unida.

Perguntou para o homem o que ele achava, se sentia incômodo ou repulsa ao vê-la naquela situação. Ele sorriu, arrumou a franja atrás da orelha dela e respondeu:

— Eu te amo da maneira que você é, nunca sentirei nojo de você, muito menos do seu sangue, neste lugar estamos unidos como um único ser, o sangue que corre nas suas veias é o mesmo que corre nas minhas e o sangue que escorre pelo seu ventre sai de mim também.

Ela chorou e o abraçou: — Obrigada, obrigada por me compreender.

13

Estavam sentados sob a macieira por horas, lado a lado: o homem e o gato, como velhos amigos que um dia se encontram e, após conversarem avidamente sobre os anos em que estiveram separados, em algum momento ficam sem assunto e param, para escutar o silêncio.

— Sei que você não gosta de mim — o homem diz finalmente ao gato. — Acho que tem medo que eu faça mal a Lídia, mas não precisa ter medo, vou protegê-la de tudo.

"Estamos sempre tentando proteger a quem amamos", diria o gato, caso pudesse se comunicar com os humanos através de palavras. E seguiria dizendo que ele estava enganado, não poderia protegê-la de tudo, e que, no fim, não ela, mas ele choraria. A felicidade que ambos haviam encontrado naquele lugar teria um alto preço, e pago com sofrimento, pois por mais que ele tentasse protegê-la, a vida dela estava fora de seu alcance, sempre estaria.

— O que vai acontecer com a gente quando tudo isso terminar? — perguntou ao gato. No mundo da retórica as respostas são irrelevantes, mas as perguntas são os pilares da caverna e as paredes do labirinto.

14

Foi no tempo em que o carvalho era uma árvore frondosa e seus galhos e ramos cobriam grande parte do jardim. Tinha cerca de treze anos e estava sentada ao sopé da árvore, esperando, ansiosamente, pela chegada de Rubens, seu primo, por quem nutria na época uma paixão adolescente. A atração era recíproca, mas os sentimentos do rapaz eram mais intensos e profundos; ele a amava e a amaria, pelo resto de sua vida. Chegou e a encontrou sentada no chão, com os braços cruzados em torno dos joelhos.

— Você demorou — ela disse.

— Me desculpe.

— Estou muito nervosa, sinta — ela se levantou, segurou a mão dele e a pressionou contra o seu coração, que palpitava acelerado.

— Eu também estou nervoso.

O menino passou as mãos pela cintura dela e a pressionou contra a árvore.

— Você tem certeza disso? — ela perguntou.

— Muita, há muito tempo sou apaixonado por você.

Lídia estava deslumbrante. Sua pele alva refletia a luz da lua; seus lábios, sempre belos, tinham uma coloração vermelha, não de um batom que podia ser comprado em alguma farmácia: aquela cor que tanto resplandecia era uma mistura de três batons diferentes cuja proporção apenas ela sabia, de forma que possuía um matiz só seu, a cor Lídia. Durante anos, após aquela noite, Rubens procurou por aquela cor em inúmeras mulheres, mas não pode encontrá-la, nenhuma tinha aqueles lábios, nenhuma tinha aquela cor.

— Você disse que tinha uma pergunta para me fazer — disse ela.

Passando a mão pelo rosto da menina, ainda sem a cicatriz, ele respondeu:

— Por que você não pergunta?

Calaram-se, estavam abraçados, indecisos por saber de quem seria a iniciativa. Ouviram os pais de Rubens chamá-lo para ir embora e se afastaram.

— Nós ainda ficaremos juntos.

O rapaz era jovem e tinha esperanças, seus sonhos ainda protegidos da decomposição da realidade. Aquela seria a única vez em que estaria tão próximo de Lídia. As circunstâncias os afastariam, o tempo faria com que ela o esquecesse e ele não passaria um dia da sua vida sem se arrepender por não tê-la beijado.

Rubens se afastou. Ela permaneceu no lugar sem entender o que tinha acontecido, e se assustou ao ver que o pai do rapaz se aproximava.

— Desculpe-me, tio, não vi que era o senhor.

— Tudo bem, eu também apareci sem fazer barulho. Estava conversando com o Rubens?

— Sim, apenas conversando.

— Sobre o quê?

— Coisas de criança.

— Sei. Ele te falou que você está virando uma mulher linda?

— Mulher, não, tenho apenas treze anos.

— Mas isso não te impede de ser linda — disse ele, e tentou com o dedo indicador acariciar o rosto de Lídia, que, assustada, se afastou.

— Boa-noite, tenho que entrar na casa, estou com sono. — Virou-se e correu para o seu quarto. Não sabia explicar, mas sentia medo.

15

O homem tinha um passatempo, ou um talento não valorizado: quando um galho de diâmetro não muito pequeno caía de alguma árvore, derrubado por um vento mais forte, ele o pegava e com o auxílio de uma pedra esculpia cavalos, pessoas, elefantes, guerreiros romanos, qualquer coisa, orgânica ou inorgânica.

Começou a guardar suas esculturas em um dos quartos vazios no andar superior da casa. Após limpar a poeira de anos, tinha forrado o chão de esculturas de árvores, criando sua floresta proibida. Depois povoou o lugar com pequenos animais, sempre em casais: um leão e uma leoa, um elefante e uma aliá, um tigre e uma tigresa, de todos os tipos, de voadores a marinhos. Em um canto próximo a uma caverna, havia colocado uma sua com uma de Lídia ao lado. Só o gato não tinha escultura, pois não caberia naquela versão esculpida de arca da aliança.

Esculpia quando ouviu que Lídia o chamava, olhou e a viu escorada no velho carvalho.

— Está meio frio, não acha? — ela perguntou, tremendo, e com os braços cobrindo a barriga.

— Não está frio, é apenas o vento. Você está diferente, o que aconteceu?

— Duvido que você descubra.

— Nem todos os segredos são para serem descobertos.

— Tem certeza? — ela não se mexeu, mas seus olhos brilhavam, como só a explosão que gerou o universo brilhou.

— O que você está escondendo?

— Não estou escondendo nada, está tudo à mostra, à vista de quem quiser ver.

Ele largou a pedra e sua quase escultura e foi abraçá-la.

— Eu vou ser pai? — perguntou ele.

— Sim, nós vamos ter um filho.

— Tem certeza?

— Sim, faz cerca de seis semanas que eu não sangro e o gato disse que será um menino.

— O gato?

— Venha, me dê sua mão.

Guiado sobre seu ventre, o homem não sentiu nenhum movimento do menino, ainda muito novo para fazer-se notar, porém, de alguma forma que não podia explicar, sentiu a vida que começava dentro do corpo da mulher, uma sensação que nunca tinha experimentado, concedida apenas aos futuros pais.

16

As datas importantes tinham se apagado da mente da mulher, e por este motivo ela se assustou na noite em que subiu para o quarto e encontrou, repousando sobre a cama, um lindo vestido vermelho, longo, seu tecido brilhando à medida que era exposto à luz.

Lídia pensou que era o vestido mais belo que vira em toda a sua vida, perguntou-se o que fazia sobre a cama e ela mesma respondeu, "hoje é meu aniversário, ele se lembrou". Em frente ao espelho ela se vestiu e se movimentou, acompanhando a leveza ondulada do vestido. De uma gaveta, retirou uma escova e penteou os cabelos. Pensou em ligar o secador, mas há meses não tinham energia elétrica, a luz da lua e das estrelas sendo suficiente. Terminado o cabelo, pensou que faltava apenas uma bela sandália de salto alto para combinar, mas não havia restado nenhum calçado na casa. Não se importou, mesmo descalça se sentia bonita.

Apareceu no topo da escada e parou; saboreava o instante raro de se sentir observada, pensou que deviam se sentir assim as grandes estrelas no tapete vermelho do Kodak Theatre, admiradores gritando seus nomes alucinadamente, fotógrafos disputando as imagens, mas, na realidade, apenas um par de olhos se voltava em sua direção, os únicos que importavam, e lhe bastava.

O homem que a esperava no final da escada tinha a barba feita, o cabelo arrumado e trajava um black-tie bem cortado, também sem sapatos ou meias; ela, entretanto, o achou lindo da maneira que estava. Meneando a cabeça, como se não acreditasse no que os olhos viam ou que ele tivesse se lembrado do seu aniversário, ela sorria, tinha os olhos marejados e brilhantes. Quando desceu o último degrau, ele estendeu o braço e disse:

— Feliz aniversário, minha estrela.

— Estou surpresa, nunca imaginei que você faria uma coisa dessas para mim.

— Este é só o começo. Me acompanhe.

Ela entrelaçou seu braço no dele e ele a guiou, iluminando o caminho com um castiçal de cinco velas que trazia no braço oposto. Levou-a para a sala de jantar; a lareira estava acesa e havia uma mesa posta com duas cadeiras, mais velas, pratos e uma garrafa de vinho. Deslumbrada com o ambiente, Lídia não sabia o que dizer. A emoção fez com que a comida, não muito diferente da que comiam usualmente, parecesse um banquete real: era o momento com que sonhava desde pequena. Entre lágrimas de alegria e sem saber o que dizer, agradeceu.

O homem serviu um pouco de vinho na taça dela e se levantou.

— Preciso te fazer uma pergunta — ele disse. Ajoelhou-se e perguntou: — Quer se casar comigo?

Estendeu a mão e em seu centro estava um anel, esculpido em madeira.

— Lógico — ela respondeu, estendendo a mão direita para que o anel fosse colocado. O resto da noite foi passado em conversas, taças de vinho, risos, e dança, mesmo sem música e sem sapatos.

— Quantas pessoas no mundo devem estar vivendo uma história como a nossa? — ela perguntou.

— Acho que nenhuma — ele respondeu.

17

No dia do casamento, Viktor estava sobre o carvalho: aguardava como único convidado, padrinho, testemunha, sacristão e juiz. O jardim exalava beleza e uma trilha de pétalas de rosa ligava a porta de vidro ao carvalho. O homem aguardava ao lado, ansioso.

— Pode ser uma cerimônia simples — ele sussurrou para o gato, que se limitou a bocejar.

Lídia saiu pela porta e a passos curtos avançou por sobre as pétalas. O vestido vermelho, assim como o smoking, tinha voltado para os porões do inconsciente: os dois estavam novamente nus. Ficaram parados em frente ao gato, esperando o início da cerimônia. Viktor olhava entediado para tudo aquilo: não tinha paciência para firulas casamenteiras, e se pudesse falar, seu ritual começaria assim: "Temos aqui reunidos esses dois seres para o eterno matrimônio. Sem demora, vamos acabar logo com essa besteira, você, mulher, aceita este homem até que a morte os separe?"

— Aceito — ela respondeu.

O gato bocejou uma segunda vez. E continuaria: "E você, homem, aceita essa mulher até que a morte os separe?"

— Aceito — ele respondeu.

"Então, pelo poder a mim por mim concedido, eu vos declaro homem e mulher, podem se beijar", desceu pelo interior do carvalho até o chão e sumiu, deixando os dois perdidos na grama e procurando se encontrar.

18

Beijando a barriga dela, que já ia com a gravidez avançada, ele pensava em seu futuro filho, os pêlos de sua barba roçando a pele de Lídia e a fazendo sorrir, enquanto olhava para o céu. Com uma das mãos ela lhe afagava o cabelo; a outra repousava sobre a grama com o pulso voltado para cima, o que chamou a atenção dele para uma profunda cicatriz que formava um rio, numa das margens o final da mão e na outra o começo do braço, como é que ele nunca tinha percebido isso? Curioso, segurou a mão que massageava seus cabelos e a virou: tinha a mesma cicatriz. Percebendo que ele se concentrava em seus pulsos, ela os escondeu, pressionando-os contra os seios.

— Onde conseguiu esses cortes? — ele perguntou.

— Não lembro, faz muito tempo.

— Um acontecimento como esse não se esquece.

— Eu esqueço — exclamou ela se levantando.

— Por favor, me conte.

— Eu não falo sobre isso, não me obrigue a falar, é muito doloroso.

— Foi quando você machucou o rosto?

— Não, aconteceram por causa da cicatriz do rosto, ou melhor, das cicatrizes.

— Quais? Só vejo uma.

— Você só vê a que é visível, mas não é ela que me leva para o vazio. É só uma bandeira para que eu nunca esqueça a outra, a ferida que na verdade nunca cicatriza.

— Entendo.

— Não entende, não, não pode e nunca poderá.

— Desculpe-me, só queria conhecer seu passado.

— Que eu quero esquecer.

Pelo resto do dia não se falaram mais, ela foi se deitar, ele voltou às esculturas; fez uma rosa que deu a ela de presente antes de dormir, obtendo o perdão.

19

O que ela tanto desejava esquecer ocorrera três meses após o seu frustrado encontro com Rubens: os dois haviam marcado um novo encontro no jardim da casa em uma noite de sábado, quando os pais dela não estariam em casa.

Ela trajava o seu melhor vestido, usava brincos roubados da mãe e estava maquiada em excesso, devido à inexperiência da idade. Esperava pelo rapaz com uma vela na mão, e ao ouvir o barulho de alguém se aproximando, gritou o nome dele.

— Rubens não vem — respondeu uma voz que não era do rapaz.

Ela se virou, e onde deveria estar seu primo, encontrava-se seu tio.

— Tio, o que está fazendo aqui?

— Rubens me pediu para avisar que ele não viria.

— Pediu?

— Sim, ele não queria que você ficasse esperando no frio.

— É muita gentileza de sua parte, mas não era necessário vir até aqui.

— Não se preocupe, não há incomodo nenhum.

— Então, o senhor, não quer entrar? Vou chamar meu pai.

— Não precisa, aqui fora está uma noite tão bonita, além do mais, sei que seus pais não estão em casa.

A face da menina ficava a cada minuto mais assustada. O tio se aproximou do carvalho onde ela estava.

—Não vamos desperdiçar uma noite como essa, não acha?

— Não sei do que está falando.

O homem levou sua mão direita aos seios adolescentes da garota. Ela se afastou.

— O que está fazendo? Não me toque!

— Não precisa se assustar, menina, não vou te fazer mal. Só vou te tocar.

— Fique longe de mim.

Lídia tentou correr, mas ele a segurou pela cintura e com a outra mão pressionou uma faca, que trazia no bolso, contra o pescoço dela.

— Olha, se você cooperar não vai sair machucada, entendeu? É só não se debater ou gritar e tudo acaba bem.

Com a faca, rasgou por trás o vestido da menina e o jogou para a árvore. Vestida apenas com uma calcinha preta, ela procurava esconder sua nudez, mas ele a ameaçava com a lâmina. Começou a chorar, desesperada, e ele gritou que se calasse, enquanto acariciava os pequenos seios como um animal feroz, indomesticável. Por um momento ele a soltou para abaixar as calças. Aproveitando a distração do tio, em um momento de loucura ela lançou a vela em direção ao rosto dele, que, temporariamente cego, levou as mãos aos olhos num reflexo: a mão que segurava a faca percorreu em segundos a distância que separava o pescoço da menina de sua sobrancelha; antes de chegar aos olhos, a faca foi solta no chão.

Ela nada percebeu, sentiu apenas algo gelado lhe tocar a face. Gritando de dor, o homem chutou a vela, que foi de encontro ao vestido gerando uma forte chama. Aproveitando que o tio gritava, Lídia correu para dentro de casa.

— Volte aqui, sua vadiazinha! — gritou o tio, correndo atrás da menina.

Ela correu para o seu quarto e trancou a porta por dentro. Pela janela, viu que o fogo se espalhara para o resto da árvore; o carvalho inteiro estava em chamas, parecendo de longe a sarça ardente que Moisés encontrara no deserto, a árvore da sabedoria. Esta, porém, não tinha nada a dizer, nem se preocupou em pronunciar umas poucas palavras de conforto para a garota que chorava, em estado de pânico.

O tio começou a bater na porta.

— Abra, por favor — dizia ele. — Vamos conversar, não quero te fazer mal.

Apesar da força aplicada, a porta não cedeu; já se ouvia o barulho das sirenes dos bombeiros.

— Não conte isso pra ninguém, tá ouvindo? — ele gritou. — Ou eu volto e te mato.

A porta parou de fazer barulho. Lídia não tinha forças para se levantar do canto do quarto onde se encolhera. Sentiu algo quente escorrendo pelo seu pescoço, olhou para baixo e viu que estava coberta de sangue. Procurou a ferida seguindo o fluxo e se deparou com um corte enorme, que lhe atravessava a face de ponta a ponta. Percebeu que não enxergava nada com o olho direito e pensou que estava cega, seu último pensamento antes de desmaiar.

Nunca mais ouviram falar no tio, que diziam ter fugido para algum país subdesenvolvido. O primo tentou lhe pedir perdão dizendo que não tinha culpa, ela sabia que ele não tinha, porém, depois do ocorrido, seu mundo tornou-se mais triste; não voltaria a se apaixonar por ele, talvez nunca mais se apaixonasse por ninguém. Levou nove meses para ter coragem de se olhar no espelho novamente, e o que viu a impressionou.

— Você nunca mais será bonita — disse, para seu reflexo. Quando amadurecemos, percebemos que a aparência não é tão importante, mas para uma menina da idade dela é a matéria da qual a vida é feita. Por isso, pegou uma boneca e a jogou no espelho, que se espatifou em cacos; com um dos cacos ela cortou os dois pulsos, dois cortes profundos, e até alguém perceber o que tinha feito, muito sangue foi perdido.

20

O fim começou com um grito, um grito de dor de abalar as raízes da terra e que foi ouvido pelo homem, que se encontrava dentro do cercado colhendo ovos. Deixou cair o que tinha nas mãos e correu para dentro da casa, esquecendo a portinhola aberta, permitindo que as galinhas saíssem e se espalhassem pelo jardim bicando todas as flores. Encontrou-a deitada no chão; em seu rosto, uma expressão de dor insuportável, o sangue lhe escorrendo do ventre e formando uma poça rubra sob seu corpo.

Vendo a cena, ele se desesperou, desceu até o porão e procurou por algo entre a poeira e os objetos antigos. Encontrou uma marreta jogada no chão, sob uma prateleira de livros. Foi até a parede de tijolos que havia erguido na porta de entrada. Começou a bater, com toda a sua força.

O primeiro golpe não produziu efeito nenhum, o segundo também não, e nem o terceiro. A cada golpe sem resultados, ficava mais furioso e dobrava a força aplicada na marreta. Por fim, a muralha troiana começou a ceder, primeiro com lascas e poeira, depois aos pedaços. Formou-se o primeiro buraco e já se podia ver a porta. Novas batidas se sucederam, ele suado e ofegante, até que ruiu por completo. A chave permanecia na fechadura. Girou-a e a porta abriu. Desconheceu a rua.

Só então se lembrou que estava nu e teve vergonha, mas como não havia roupas na casa procurou não pensar no assunto. Foi até Lídia, que continuava deitada e sangrando, segurou-a nos braços e começou a correr em direção à rua.

Corria com todas as suas forças, sem se importar com as pessoas que paravam confusas, ao ver a cena incomum. Como uma flecha, atravessou quarteirões sem parar em nenhum momento, foi xingado de tarado por uns, outros começaram a rir, poucos tiraram fotos e filmaram com seus celulares. Ninguém sabia o que estava acontecendo, nem se preocupou em saber por que acontecia, ou em perguntar se queriam ajuda. Estavam acostumados aos absurdos, e aquele era apenas mais um acontecimento absurdo em uma cidade absurda.

Ao chegar ao hospital, foi barrado pelo segurança.

— Minha mulher está doente — disse ele. — Precisa de cuidados imediatamente, por favor.

— Os senhores não podem entrar aqui sem roupas — disse o segurança, obstruindo a passagem com seu corpo monumental.

— Isso é uma emergência, moço.

— Tem crianças ai dentro, isso é uma falta de respeito.

— Minha mulher está grávida, por favor, me ajude — ele começou a chorar.

Nesse momento, um médico que chegava ao hospital viu a cena e, sem entender, foi conferir o que estava acontecendo.

— O que está acontecendo aqui? — perguntou o médico.

— Esses dois sem-vergonhas estão querendo entrar no hospital sem roupa.

— Por favor, ajude minha mulher, ela está grávida — suplicou o homem.

— Venha rápido — disse o médico, empurrando o segurança. No corredor conseguiu uma maca para colocar a mulher. Quando o homem depositou o corpo de Lídia, o médico ficou parado olhando para o rosto dela por algum tempo; percebia sua tristeza, como se a conhecesse. Começaram a andar; no caminho o doutor disse algo no ouvido de uma enfermeira, que conduziu a maca para as entranhas do hospital enquanto ele se dirigia à sua sala. Lídia não tinha consciência, mas o homem colocou a mão sobre o peito dela e sentiu seu coração bater. *Estava viva, mas até quando?* — pensou. Pararam em frente a uma porta onde estava escrito SALA DE CIRURGIA.

Em sua sala, o médico pegou o telefone e digitou um número. Do outro lado, ninguém. O sinal de espera continuou, a linha caiu e ele discou novamente. Três vezes e ninguém respondeu. *Talvez na próxima...* seus dedos discando mecanicamente.

Finalmente alguém atendeu, estamos longe, olhando pela fechadura, e só podemos ouvir a voz do médico.

— Alô!

— ...

— Está tudo bem com você? Aconteceu alguma coisa?

— ...

— Eu sei que você não quer falar comigo, mas tive medo.

— ...

— Medo de que você estivesse morrendo, você não entenderia, vi alguém muito parecida com você e tive medo.

— ...

— Não, é verdade, não inventei isso só para poder te ligar.

— ...

— Tudo bem, então. Não te ligo mais, apenas queria ter certeza de que estava bem.

— ...

— Adeus, Lídia.

Desligou, pegou o estetoscópio colocado sobre a mesa e o passou por trás do pescoço. Foi em direção à sala de cirurgia.

— Você não pode entrar — disse o médico para o homem. — Espere aqui no corredor, vou mandar uma enfermeira te trazer umas peças de roupa.

— Obrigado, doutor, ela vai ficar bem?

O médico fechou a porta da sala, os ruídos dos aparelhos sumiram. Restou o silêncio de catedral no corredor.

21

Eu dormia no banco frio do hospital usando roupas de enfermeiro, de modo que algumas pessoas paravam para pedir informação. Quanto tentava explicar que não trabalhava ali, pensavam que eu estava fazendo corpo mole e iam procurar o diretor para reclamar que eu estava dormindo em vez de trabalhar.

Não sei quanto tempo depois, o médico veio falar comigo. Disse que eu precisava ser forte, e que ela tinha perdido o bebê. Perguntei se ela estava bem, ele respondeu que seu caso era grave, tinha perdido muito sangue, e a infecção atingira órgãos vitais:

— Vou te levar até o quarto, não tente cansá-la, precisa descansar para que seu organismo possa reagir.

Entrei no quarto, ela tinha os olhos fechados até que toquei sua mão, sentado em uma cadeira ao lado da cama. Ela me olhava.

— Que loucura foi essa que a gente fez — ela me disse, com a voz fraca e entrecortada.

— Você se arrepende?

— Não, não me arrependo de nenhum momento, e você?

— Não.

Não podia dizer que me arrependia, que por causa desta nossa loucura ela estava naquele lugar, devia ter dado a ela um pouco de lucidez e não mais fantasias.

— Vou sentir saudade de você — ela me disse.

Beijei sua testa, ela sorriu. Permaneci sentado, porém deitei a cabeça na cama, encostando meus cabelos nas pernas dela cobertas pelo lençol branco do hospital, de forma que eu encarava seus olhos e ela os meus. Adormeci, olhando seu sorriso.

Algumas pessoas se debatem antes de morrer, como se milhares de abelhas as picassem por dentro, outros gritam com a dor inimaginável. Lídia não, morreu como se dormisse, segurando minha mão, serena, talvez por não querer me acordar. Será a morte um eterno dormir? Se for, ela dormia, e em seu sonho não era para o paraíso bíblico que ela ia, onde para se entrar é preciso ser severamente julgado. A vida é tão rápida que por si só nem nos sobra tempo para fazer o que queremos, se ainda formos nos preocupar com o julgamento pelo nada que fazemos, a vida não bastaria, e a morte seria uma piada sem nenhuma graça. Em seu sonho, era para o nosso paraíso que ia: lá todos podem entrar e, quem sabe, com mais sorte que nós, viverem felizes.

22

Depois que Lídia morreu não tive coragem de voltar à casa. Do hospital fui para o meu apartamento que continuava como o havia deixado, a bagunça da qual ela sempre reclamava. Dormi no sofá, acordei e fui ver como estava o escritório. Olhei pela primeira vez o calendário: tinham se passado dois anos, meus pacientes deviam se perguntar o que teria acontecido com o seu terapeuta e eu não poderia responder. Não sabia.

Tinha sido como um sonho, um sonho bom, do tipo em que sabemos estar sonhando, mas não queremos acordar. O enterro dela foi no dia seguinte, em uma vala comum, como ela dizia, não tinha parente vivo, sobre o túmulo ficaram apenas as minhas flores.

Como retomar uma existência? Por onde começar? Teria que fingir que nada acontecera e seguir as trivialidades da vida, ir ao supermercado, comprar pão, abastecer o carro no posto de gasolina. As semanas se passaram e me peguei muitas vezes, enquanto um de meus pacientes me contava seu último sonho, ou como seu gato havia morrido quando era criança, pensando no jardim; via Lídia sorrir, um sorriso que continha as respostas para todas as perguntas da vida.

Psiquiatras não deveriam se apaixonar por seus pacientes. Me lembro quando ela veio à sua primeira consulta, insegura, usava aparelhos nos dentes, deixava os cabelos compridos para esconder a cicatriz, foi difícil fazê-la aceitar que era bonita independente da marca, tive que chamá-la para sair, levei-a a uma danceteria, acreditei que por meio de contrastes poderia mostrar que mesmo as mulheres que ela achava lindas não eram perfeitas.

Ela me beijou, estava meio bêbada. Sabia que era um erro, mas arrisquei e agora, de longe, vejo que arrisquei mais do que acreditava. Três anos se passaram até que resolvi reencontrar a casa. Por fora as paredes estavam sujas, os vidros quebrados, não tinha porta, a sala estava coberta de areia e folhas secas, os móveis tinham sido roubados. O jardim fora tomado pelo mato que crescera até a altura da minha cintura, não tinha mais flores, nem horta, nem Lídia, apenas o velho carvalho que resistia no mar de ervas daninhas. Procurei pela oliveira, mas um vento a tinha derrubado. Pouco tempo depois, o terreno foi dado como abandonado e desapropriado pela prefeitura; a casa e o jardim foram destruídos para a construção de um estacionamento.

Para os meus pacientes antigos eu menti, disse que estava fazendo um curso em outro país, muitos acreditaram e, aos poucos, o movimento foi se restabelecendo. Tinha uma vida, não sei se a mesma ou uma nova, onde nem tudo precisava ser dito. Algumas palavras se tornavam ecos e os pensamentos sobre o jardim eram constantes. Será que a isso se chamava saudade? Então, por que tão dolorida?

Deveria sorrir com as lembranças, seria isso a saudade, mas as minhas, pelo contrário, me deixavam com falta de ar, seria por saber que estivera tão próximo da felicidade? Por não me conformar que aquilo terminara? Mas não podia acabar, estivemos tão próximos de comprovar que há realmente algum sentido nesta vida, que não estamos neste mundo só pelo sofrimento.

Com o fim do jardim, estas crenças também se extinguiram. Viajei para outros países, mas cada jardim me lembrava ela e, por que não, me lembrava também de mim. Procurei o gato para pedir que me respondesse, mas depois que levei Lídia para o hospital ele desapareceu, talvez tivesse encontrado um lugar onde não perguntassem tanto e ele pudesse descansar. Hoje eu entendo porque não ficava muito tempo no mesmo lugar: assim a saudade não doía como dói a minha.

Tudo mudou quando um dia acordei deitado na cama em casa, e a única coisa de que lembrava era que após ter bebido a noite toda em um bar barato, adormecera no sofá. Me levantei para tomar café, mas ao cruzar a porta que separava a cozinha da sala percebi que não estava mais no meu apartamento, e sim no quarto da casa onde guardava as minhas esculturas. Não entendi como fui parar lá, mas não procurei respostas, deixei o quarto e desci as escadas. Tudo estava no lugar como me lembrava; saí pela porta de vidro e vi o jardim com a fileira de rosas, as árvores, o velho carvalho. Meus olhos se moviam em todas as direções, pois havia uma última coisa que eu ainda não tinha visto. Corri pelos cantos procurando, mas não encontrei nada. Estava sozinho e me senti triste novamente.

Então vi um movimento na horta, pensei que era o gato, me aproximei. Lídia, de costas para mim, estava agachada colhendo uma alface. Parei e comecei a chorar, não acreditava, não entendia. Ela ouviu meu barulho e se virou.

— Onde você esteve? — ela perguntou. — Por que está chorando? De onde vieram essas roupas?

Não sabia o que responder, só me sobraram forças para correr até ela e abraçá-la.

— O que aconteceu? — ela repetiu.

— Nada, nada, agora está tudo bem. Pensei que tinha te perdido.

— Me perder? Que nada! — ela exclamou — Você nunca vai me perder, vamos viver aqui para sempre. Até parece que você não me vê há muito tempo, sorriu.

— Você nem imagina o quanto.

O resto da tarde foi como um sonho, como se nada tivesse acontecido. Comemos um almoço que ela preparou, brincamos de quem subia mais alto na árvore. Ela pediu que eu fosse ao quarto pegar a caixa de fósforos, fui, e quando cruzei a porta de vidro estava novamente na sala do meu apartamento.

Não foi a última vez que a vi, aconteceu outras vezes, sem nenhuma explicação. Agora, com oitenta anos, cansei de procurar respostas, vou morrer logo, se um dia acabar a energia neste hospital e todos esses aparelhos desligarem, eu morro, apesar de que mesmo com eles vou morrer também. Faz um ano que não volto ao jardim, acho que o não-sei-o-quê que me transportava se cansou, ou deixou de sentir pena de mim, mas não acho isso ruim, não sabia mais como explicar para Lídia o por quê de eu estar cada dia mais velho e ela sempre jovem, sempre bela.

23

O gato, prostrado sobre o velho carvalho como uma estátua, observando o vôo de uma borboleta, viu quando o homem entrou vestido no jardim; enquanto caminhava, despia as peças de roupa e as atirava para fora dos limites do muro. Lídia ouviu o barulho e foi encontrá-lo.

— Você voltou — ela disse.

— Sim, e desta vez é para sempre.

— Tem certeza?

— Toda.

— O que aconteceu com você? A última vez que te vi você parecia cansado, velho.

— Esqueça isso, agora será tudo diferente, eu prometo.

Então eles se abraçaram; toda a saudade, toda a solidão, todas as ilusões, todos os pecados foram perdoados. Viktor não sorriu, apenas desceu do tronco e entrou na casa, deu uma última olhada e o casal permanecia na mesma posição, e permanecia, e permanecia, e permanecia. Dirigiu-se ao seu canto escuro e aconchegante, forrado com pedaços de colchas antigas, e se deitou, fechou os olhos e dormiu. Era isso.

Com o que sonham os gatos?

Esta obra foi composta em Minion 11/13,1.
Impressa com miolo em offset 75 g e capa em cartão 250g,
por Createspace/ Amazon.